Quelle nuit !

Didier Lévy • Mérel

Nathan

Rachid le timide
Mélanie la chipie
Pacha le chat
Pascale la géniale
Arthur le gros dur
Es-tu prêt pour une nouvelle aventure ? Eh bien, commençons !
Ah, j'y pense ! les mots suivis d'un ☼ sont expliqués à la fin de l'histoire.

- 1 -

C'est le soir. Arthur se lave les dents. Il se regarde dans la glace. « Comme je suis beau et fort », se dit-il.

Arthur éteint la lumière
et il se couche...
– Ah, c'est bon d'être au lit ! dit-il.

Mais soudain, Arthur ouvre un œil.

Il bondit du lit et crie :

– AU SECOURS ! AU SECOURS !

Que se passe-t-il ?

Sous la couverture, quelque chose bouge.

Brrr... Arthur sent qu'il va s'évanouir.

Ça alors ! C'est Gafi !
L'air penaud, il dit :
– Pardonne-moi, Arthur,
j'ai dormi dans ton lit cet après-midi
et je ne me suis pas réveillé.

– Je n’ai même pas eu peur, bougonne Arthur, vexé.

Tu veux connaître
la suite de l’histoire ?
Alors, suis-moi…

- 2 -

Rassuré, Arthur éteint la lumière et il se rendort.

– Ah, c'est bon d'être au lit ! dit-il.

Mais soudain, Arthur ouvre un œil.
Ses cheveux se dressent sur sa tête.
Une fois de plus, il bondit du lit
en criant :
– AU SECOURS ! AU SECOURS !

Quelque chose bouge encore sous les draps... Là, c'est sûr, Arthur va s'évanouir pour de bon !

Que va découvrir Arthur ?

Ça... ça alors !
C'est Pacha qui sort
de sous les draps.

– Pardon, Arthur, ce n'est que moi !
J'avais un peu froid,
alors je me suis mis dans ton lit.

Gafi se retient de rire. Pacha, lui, est désolé d'avoir fait autant peur à Arthur.

Arthur regarde Pacha et Gafi.
Il hausse les épaules.
Puis, avec un petit sourire, il leur dit :
– Ne restez pas comme ça, il est tard, venez vous coucher.

Et hop ! Tout le monde se rendort pour de bon dans le lit d'Arthur. Faites de beaux rêves, les amis !

c'est fini !

S'évanouir : c'est tomber tout à coup comme si on était endormi.

L'air penaud : Gafi est gêné, embêté.

Bougonner : Arthur est de mauvaise humeur.

Ses cheveux se dressent sur sa tête : on dit cela quand on a très très peur.

Les intrus

À quelle page de l'histoire correspond cette image ? Il y a deux intrus. Lesquels ?

Réponse : cette image est p.5. Les deux intrus sont une tortue et Rachid sous le lit.

Vrai ou faux ?

1 Arthur a peur.

Vrai ou faux ?

2 Pacha dort sur les draps.

Vrai ou faux ?

3 Gafi est caché dans l'armoire.

Vrai ou faux ?

4 À la fin de l'histoire, Pacha et Gafi vont dormir avec Arthur.

Vrai ou faux ?

Réponse : 1) vrai, 2) faux, 3) faux, 4) vrai.

Les jumeaux !

Retrouve deux Gafi identiques.

Réponse : 2 et 4

Histoire à deviner

Arthur va se coucher.

Quelque chose bouge

sous la  .

Que se passe-t-il ? Arthur a très

. Soudain, il bondit du 

et découvre  qui s'était

endormi .

Réponse : couverture, peur, lit, Pache le chat.

GAFI RACONTE
illustré par Mérel

Je commence à lire

1. *Qui a fait le coup?* Didier Jean et Zad • 2. *Quelle nuit!* Didier Lévy • 3. *Une sorcière dans la boutique*, Mymi Doinet • 4. *Drôle de marché!* Ann Rocard • 15. *Bon anniversaire, Gafi!* Arturo Blum • 16. *La fête de la maîtresse*, Fanny Joly • 23. *Gafi et le magicien*, Arturo Blum • 24. *Le robot amoureux*, Stéphane Descornes • 29. *Une drôle de robe!* Elsa Devernois • 30. *Pagaille chez le vétérinaire!* Stéphane Descornes • 35. *Le nouvel élève*, Anne Ferrier • 36. *Le visiteur de l'espace*, Stéphane Descornes • 41. *Le ballon magique*, Stéphane Descornes • 42. *SOS, dauphin!* Anne Ferrier • 45. *Safari en folie!* Stéphane Descornes • 49. *Gafi contre Dracula*, Stéphane Descornes • 52. *Gafi à la piscine*, Stéphane Descornes

Je lis

5. *Gafi a disparu*, Didier Lévy • 6. *Panique au cirque!* Mymi Doinet • 19. *Mystère et boule de neige*, Mymi Doinet • 20. *Le voleur de bonbons*, Didier Jean et Zad • 26. *Qui a mangé les crêpes?* Anne Ferrier • 43. *Le chat du pharaon*, Mymi Doinet • 44. *En route pour l'espace!* Stéphane Descornes • 46. *Gafi aux Jeux Olympiques*, Danièle Fossette • 47. *La plante magique*, Stéphane Descornes • 50. *Gafi à Paris*, Françoise Bobe • 51. *Gafi chez Toc-toc Chef*, Laurence Gillot • 53. *Au feu, les pompiers!* Ingrid Chabbert • 54. *Gafi sur la banquise*, Ingrid Chabbert • 55. *Gafi président*, Ingrid Chabbert

Je lis tout seul

9. *L'ogre qui dévore les livres*, Mymi Doinet • 10. *Un étrange voyage*, Ann Rocard • 11. *La photo de classe*, Didier Jean et Zad • 12. *Repas magique à la cantine*, Didier Lévy • 18. *Sauvons Pacha!* Laurence Gillot • 21. *Bienvenue à bord!* Ann Rocard • 22. *Gafi et le chevalier Grocosto*, Didier Lévy • 27. *Qui a kidnappé la Joconde?* Mymi Doinet • 28. *Grands frissons à la ferme!* Didier Jean et Zad • 33. *Les chocolats ensorcelés*, Mymi Doinet • 34. *Au bal costumé*, Laurence Gillot • 39. *Mélanie la pirate*, Stéphane Descornes • 40. *Sous les étoiles*, Elsa Devernois • 48. *Sur le Tour de France*, Laurence Gillot

Directeur de collection et conseil pédagogique : Alain Bentolila

MIXTE
Papier issu de sources responsables
FSC® C022030

Loi n°49-956 du 16 juillet 1949 sur les publications destinées à la jeunesse,
modifiée par la loi n°2011-525 du 17 mai 2011.
ISBN : 978-2-09-257568-0 – N° éditeur : 10232504 – Dépôt légal : juin 2017
Achevé d'imprimer en avril 2017 par Loire Offset Titoulet (42900 Saint-Etienne, France)